Ye
317

AF561542

JEAN LORRAIN

537

1651

Modernités

PARIS
NOUVELLE LIBRAIRIE PARISIENNE
E. GIRAUD & CIE, ÉDITEURS
18, RUE DROUOT, 18

1885
Tous droits réservés.

LES MONTREURS

MODERNITÉS

PARISIENNES

MONDAINS ET MODERNISANTES

FLEURS DE BOUE

MODERNISANTS ET MONDAINES

PARISIENS

LE CRÉPUSCULE DES DIEUX

1651

MF
548361

8° Y2
1312

microfiche
même cote

DU MÊME AUTEUR :

LA FORÊT BLEUE, avec un dessin d'après SANDRO BOTTICELLI, 1 vol. in-18 jésus. Prix . . . . . 3 fr. 50

LE SANG DES DIEUX, avec un dessin d'après GUSTAVE MOREAU, 1 vol. in-18 jésus. Prix . . . . . . 3 fr. 50

EN PRÉPARATION :

LES LEPILLIER (roman), 1 vol. in-18 jésus.

TRÈS RUSSE. Roman parisien, 1 vol. in-18 jésus.

HAVRE. — IMPRIMERIE DU COMMERCE, 3, RUE DE LA BOURSE.

DÉPÔT LÉGAL
Seine-Inférieure
N° 421 bis
1885

JEAN LORRAIN

BIBLIOTHÈQUE NATIONALE
R.F.
IMPRIMÉS

MODERNITÉS

PARIS
NOUVELLE LIBRAIRIE PARISIENNE
E. GIRAUD & Cie, ÉDITEURS
18, RUE DROUOT, 18

1885
Tous droits réservés.

LES MONTREURS

LES MONTREURS

I

PARADE

« A la lutte, à la lutte, ohé, génie et gloire!
« Qui veut voir en maillot, en chemise, en collant
« Poudrés d'or ou reins nus les hommes de talent.
« Voici les fils publics et les montreurs de foire !

« Le gars normand?—Présent. A chaque assaut, victoire.
« Trapu, la chair épaisse et le poil rutilant,
« C'est le coup littéraire au solide relent,
« L'homme étalon du jour!
Cet autre à toison noire
« Qui se carre en jonglant, beau comme un dieu d'airains
« C'est le poète aimé, l'acrobate à tous crins
« De l'unique et divine hystérique moderne!

« Messieurs, voyez mes bras! »
« Monsieur, voyez mes reins »
« Madame, voyez mon... »
Et dans Paris caverne
Bout le boniment fou des poètes forains.

II

LA VOIX D'OR

Le fifre s'exaspère et « Zim-Boum », la cymbale
Tonitrue et voilà qu'au milieu des hoquets,
Des cris, des beuglements, au halo des quinquets,
La divine apparaît.
Sa traîne triomphale
Est d'un satin si blême et sa chair idéale
Si frêle, qu'au milieu des énormes bouquets,
Outrageusement blancs des *Grelotteux* coquets,
On dirait un rayon de lune.
Sidérale
La divine s'avance et givrée, en mica
Elle parle et soudain sa voix d'harmonica
Tinte fausse et voilà qu'au-dessus de la foule
La neige en flocons blancs tombe lente : en éclats
De verre sa voix craque et le public s'écoule,
S'éloignant lentement de l'actrice Verglas.

III

L'HOMME EN NOIR

Drapé d'un grand manteau, masqué, la tête blonde
D'un blond roux, crespelé comme une mousse d'ors,
L'homme en noir est auprès, dans l'étroit justaucorps
De velours, intrigant le public à la ronde.

Sur le char populaire, où s'éraillent les cors
Des lutteurs, svelte et fier et sanglé de cuir jaune
L'homme avec des dédains de roi lassé du trône
Cingle de ses mépris la foule et ses efforts.

De clairs grelots d'argent sonnent à ses chevilles,
A ses bras haut gantés de fauve, à son cou blanc
Serti de tulle noir orné de cannetille,

Et, poète ironique et chanteur insolent,
Aux badauds assourdis l'homme à la cape noire
Râcle des airs muets sur une bassinoire.

IV

A LA FANGE

« Sportmen, voyous, banquiers, potaches, à la fange!
Entrez. »
Là le succès est immense, on se tord.

Debout dans un landau, d'un fabuleux décor,
Peint de Cupidons bleus sur un fond rose orange,
Ricane, roide et blême, une vendeuse étrange

Dans un baiser savant et long contre un louis d'or
Elle vend la Folie et le Spasme et la Mort;
Et son nom stigmatise une époque.
Elle est d'Ange.

Le public arrêté, dans la stupeur farouche
D'un bétail, a l'horreur du rouge de sa bouche,
Gouffre ignoble où le sang luit et perle en corail.

Tous ont peur et pourtant chacun d'un regard louche,
Épris de cette lèvre au sûr et lent travail
Couve cette artisane habile en fausse couche.

V

A LA LUTTE

« A Cythère, à Lesbos, c'est la fête des fêtes
Celle où d'un rêve impur les sens hallucinés
Mêlent aux bruns lutteurs les blonds efféminés
Et les jokeys d'un club au clan des bleus poètes.

Tribuns blasphémateurs, doux chanteurs d'odelettes,
Dévotes de Sapho, rêveurs illuminés
De Pathmos, grands seigneurs, marlous et raffinés
Font autour des tréteaux un océan de têtes.

Et le fifre fait rage et « Zim-Boum », la cymbale
Tonitrue, et la foule horrible et triomphale
Mêle au bruit des baisers l'aigre son des louis d'or.

« A la lutte, à la lutte, ohé, génie et gloire.
« Voici les fils publics et les montreurs de foire
Et Paris proxénète est au fond du décor.

MODERNITÉS

Modernité, Modernité !
A travers les cris, les huées
L'impudeur des prostituées
Resplendit dans l'éternité.

Comme autant de roses mousseuses,
Les folles jupes des danseuses,
Étoiles des ciels étoilés,
Ondoient, leurs crins d'or emmêlés
Aux rousses perruques fantasques
Des clowns au long rictus de masques,
Dont les méplats enfarinés
Ont un papillon sur le nez.

Modernité, Modernité !

Sous l'éclatant maillot de soie,
Mettant les yeux de femme en joie,
Les reins vigoureux des lutteurs
Confondent leurs âcres senteurs
Avec les parfums de vanille,
Montant des seins nus de la fille
Qui songe, accoudant au rebord
Des loges son bras cerclé d'or.

Modernité, Modernité !
A travers les cris, les huées,
L'impudeur des prostituées
Resplendit dans l'éternité.

Triomphantes d'être enfin nues,
Surgissez, épaules connues
Sous le blême et limpide éclair
Des joyaux, et vous, fleurs de chair,
Gonzesses aux gros chignons rouges,
Qui dansez dans l'ombre des bouges
Aux bras suants des gars nerveux,
Éparpillez vos clairs cheveux ;

Allumez le ciel qui s'enflamme,
Emplissez-le de chairs de femme,
Soyez les astres et l'enfer
Des firmaments des nuits d'hiver,

Et du coin de vos genoux roses,
Montrés dans d'énorvantes poses,
Fouaillez du désir qui mord
Le boucher et le fils de lord.

Modernité, Modernité !
A travers les cris, les huées,
L'impudeur des prostituées
Resplendit dans l'éternité.

Auprès de vos amants en blouses,
Dont les copailles[1] sont jalouses,
De Saint-Lazare aux abattoirs
Fleurissez, roses des trottoirs,
Et, filles de luxe ou faunesses,
Marchandant ferme vos jeunesses
Aux vieux, qu'a grisés votre odeur,
Enthousiasmez Paris rôdeur.

Modernité, Modernité !

Roulant de chutes en culbutes
Des hauteurs de Montmartre aux Buttes
Chaumont, où dorment les voyous,
Au rude vent de vos crins roux
Faites tourner l'aile squelette

[1] En argot, troisième sexe.

Du vieux moulin de la Galette,
Tombeau de vos virginités ;
Et, rieuses Modernités,

Sous vos rapides pirouettes
Balayant, vagues silhouettes,
Le groom en culotte de peau
Et le vieux monsieur en chapeau
Gris souris des Champs-Élysées,
Le nez rose et poudrerisées,
Passez, trombe et troupeau vainqueur,
Sur le fumier de notre cœur.

Modernité, Modernité !
A travers les cris, les huées
L'impudeur des prostituées
Resplendit dans l'éternité.

PARISIENNES

FIGURANTES

A mon ami Henri Dumont.

Avec des poses attirantes,
Mêlée aux tons criards des ors,
Resplendit au fond des décors
La nudité des figurantes.

Les vieux messieurs aux mains errantes,
Serrent leurs voisines plus fort,
Quand sur le truc au lent effort
Passent les robes transparentes

Et les tuniques enivrantes
De Peau d'âne et d'Excelsior,
Sertissant au fond du décor
La nudité des figurantes.

Les serrures récalcitrantes
Des plus célèbres coffres-forts
Ont des bâillements de trésors
Devant leurs mines implorantes ;

Et dans des poses attirantes,
Mêlée aux tons criards des ors,
La grâce offerte de leurs corps
D'autant de chutes font des rentes
Aux machinistes de décors,
Amants aimés des figurantes.

OISEAUX D'HIVER

A de Nittis.

Les beaux retours des bois sont les retours d'automne,
Quand, grelottant d'avance aux premiers froids d'hiver,
Les belles au nez rose, aux fins cheveux d'or clair,
Descendent l'avenue au grand trot monotone
De leurs chevaux anglais.

Un flux de vétiver
Monte des peaux de loutre, où leur beauté frissonne ;
Et les mors nikelés, la gourmette qui sonne,
Bruit, vitesse et clarté, les nimbent d'un éclair.

Parfois sur leurs genoux une feuille fanée
Tourbillonne, et, pensive, entr'ouvrant ses yeux lourds,
Peut-être qu'elle songe aux défuntes amours !

Non pas, chacune songe aux notes de l'année,
A monsieur mal en train, endetté, sans débours,
Et chacune regrette et l'Empire et les Cours.

PRINCESSE

Les journaux du matin ont appris la nouvelle :

Princesse russe et noble à plus de vingt quartiers,
Cette sœur de duchesse, altière aux plus altiers,
Débute à la Scala...
Vengeance de donzelle,
Qui de son nom de femme autrefois riche et belle
Bat monnaie et, foulant les préjugés aux pieds,
Vend, fille de boyards, à nous, fils d'émeutiers,
Ses aïeux ; et cela pour une bagatelle :

Six cents louis que le duc, en maladroit qu'il est,
Refuse de payer.
« Soit, ma vengeance est prête,
— « Vous prendrez un amant.
— « Mille amants, s'il vous plaît,
Le public. » Et, d'avance amortissant la dette,
Le grand nom des aïeux luit ce soir en vedette
Sur l'affiche, et la presse apprête son sifflet.

VOLEUSES

A Émile Zola.

On ne les verra plus, elles ni les frôleuses
Traînes de satin blanc ni les fins tissus d'or,
Dont la mère et la fille ornaient hier encor
Les bals du Président, car ce sont deux voleuses.

Le père ayant été chirurgien-major
Dans l'armée, on a fait au nom la faveur rare
De ne pas envoyer la fille à Saint-Lazare
Et la mère au dépôt, et c'est peut-être un tort ;

Car la mère aujourd'hui vit aux frais de la fille,
Horizontale rousse au feutre empanaché
Et qui ne vole plus sa robe au Bon-Marché :
Ce qu'on vole aujourd'hui, c'est le fils de famille,
C'est le mari galant à sa femme arraché,
Car c'est sa nudité charmante qui l'habille.

ABANDONNÉE...

Parmi les gros de Tours et les valenciennes,
Affaissée au milieu de coussins de velours,
Gladia, vieille belle aux traits bouffis et lourds,
Rumine avec ennui les voluptés anciennes.

Riche et noble et parmi les plus patriciennes,
Elle a connu jadis de superbes amours,
Mais à ses vieux désirs les hommes restent sourds
Aujourd'hui ; leurs ardeurs ne veulent plus des siennes.

C'est en vain qu'au milieu des parfums énervants
Combinant et les fards et les peignoirs savants,
Elle attend du hasard la volupté suprême
D'être encor possédée...
                                        Hommage décevant,
Ses invités corrects baisent tous sa main blême
Et la respectent trop pour aller plus avant.

ÉTOILES

A Jean Béraud.

Avec des corsets pleins et fins de libellules
Tout le corps de ballet, craintif et palpitant,
Attend, les reins cambrés, derrière un grand portant
Le lever du rideau.
Légers comme des bulles,
Les tutus transparents sous les jupes de tulles,
Plaqués sur les rondeurs du maillot éclatant,
S'entre-bâillent, emplis d'un inconnu tentant,
Comme une étoile rose au fond des crépuscules.

Les chignons allumés, comme autant de points d'or,
Se détachent en clair sur le bleu du décor;
Déjà le lourd rideau se lève avec un râle
Et les gilets en cœur, clair-semés dans la salle,
Brusquement redressés sous le rut qui les mord,
Serrent d'instinct les dents sous leur moustache pâle.

DÉBUTANTE

À mon ami Robert Duglé.

« Ohé, ohé, ohé, chantent des voix lointaines,
« Ohé, ohé, ohé, répondent les bassons; »
L'acte second commence et dans les bleus frissons
Des toiles, simulant un bois sacré d'Athènes,

Parmi le frais laurier-rose et les marjolaines
Titania la blonde et les folles chansons
Des gais lutins, rôdeurs familiers des buissons,
S'éveillent, emplissant l'air de leurs turlutaines.

Sous ses gazes d'argent Titania la fée
Songe à sa renommée, à l'aurore étouffée,
Si, sage et vierge encore, elle n'est pas ce soir,
D'abord au grand critique assis là pour la voir,
Ensuite au directeur, enfin, sanglant trophée,
A l'auteur ... et le temps lui manque, ô désespoir!

AMOUR PUR

Elle est rousse, un peu maigre : un glauque caftan vert
Aux grands plis moirés d'ombre, ainsi qu'une eau dormante
De sa cheville grêle à sa nuque charmante,
Suaire étroit, l'étreint, à l'aisselle entr'ouvert.

Dans la fraîche harmonie adoucie et calmante
Des peupliers feuillus, dressés sur un ciel clair,
Pieds nus dans l'herbe haute, elle pose en plein air
Devant l'heureux rapin, qui la croit son amante.

L'homme est joyeux, ravi : l'ombre d'un vieux bouleau
La baigne en avivant le rose de sa peau :
Elle songe à Montmartre où, sous le froid qui tue,

Chétive, en waterproof, en souliers prenant l'eau,
Elle faisait le quart, adorée et battue
Par la *Terreur* d'Ivry, Rouquin dit Bonneteau

COQUINES

A Ch. Willette.

Avec des gestes de coquines
Les petites femmes des bars
Versent aux snobs des boulevards
Des poisons verts dans des chopines.

En jerseys collants, en basquines,
Deux grands yeux fous, comme hagards,
Sous des frisons d'or clair épars,
Ce sont les sveltes arlequines

Des longs Pierrots en habit noir,
Qu'avec des gestes de coquines
Ces chattes blanches et taquines
Attirent près de leur comptoir.

Leurs mains perversement câlines
En servant ont d'heureux hasards
Et leurs bouches rouges de fards
Ont des paroles si félines,

Qu'on est fou de ces libertines
Qui, raillant dans le chaud boudoir
L'entreteneur en habit noir,
Une fois seules, les coquines,
S'entre-baisent en colombines,
Les seins nus devant leur miroir.

MONDAINS

I

Charmant, en habit rouge et le clair bas de soie
Bien tiré, le vicomte, à sa glace attardé,
Sourit et l'œil brillant, légèrement fardé,
Tend sous le gilet blanc l'épais plastron qui ploie.

Héros, il met ce soir le Royal-Club en joie,
Car Gom-Gom a trahi le secret demandé,
Et chacun sait ici qu'au souper commandé
Chez Bignon cette nuit, s'offrant vivante proie,
La belle madame Erns, la femme du banquier,
Pour lui plaire habillée en garçon pâtissier,
Servira le dessert...
Un caprice du maître.

Et lui, qui sait la dame amoureuse à lier,
Vient d'écrire au mari :
« Veuillez faire remettre
« Cinq cents louis au porteur et gardez à souper
« Cette nuit madame Erns, qui va se compromettre. »

II

Le pied nu sur le bord du tub, où gît l'éponge,
Debout, son torse blanc drapé dans un peignoir,
Gaston d'Harbloy s'oublie à palper au fermoir
L'écrin de sa maîtresse Holly Rodays...
Il songe... »
Il songe qu'il en est à son dernier mensonge...
Qu'il est fini, vidé, trop lâche pour vouloir
Tenter encor la chance et que dans son ciel noir,
Seul astre de salut, l'écrin tentant s'allonge.

Voleur !...
Elle, après tout, l'a-t-elle assez volé ?

Jeune, beau, riche et noble, et blond comme le blé,
Cette femme a tout pris, santé, force et jeunesse.

La carte biseautée et le collier pipé
Se valent en honneur et, jusqu'alors dupé,
Il dupera, le drôle, à son tour la drôlesse ;
Et l'écrin entr'ouvert roule à ses pieds...
« Trompé ! »

Et la belle, en entrant rose et poudrerisée,
Sourit, et, le fixant de son regard mauvais,
« Vendus! »
Et comme il tremble.
« Hé, oui, je le savais! »
Dit-elle en ramassant la monture brisée.

« J'ai liquidé : tu sais, la ferme Saint-Gervais
« Où nous avons passé l'été dans la rosée
« Et les foins? J'en ai fait l'achat, bien avisée,
« Puisque, sans mon notaire, ami, tu me volais! »

III

Cette femme, il la hait, lourde, épaisse et commune,
Le trompant avec tous, même avec son valet,
Son groom, et l'écrasant, lui, maigre et gringalet,
De sa grosse beauté de forte fille brune.

Il sait jusqu'au surnom : « le baron Clair-de-lune »
Qu'elle lui décerne, elle, à lui chétif et laid,
Elle, dont la main rouge a tenu le balai ;
Et cependant pour elle, il mange sa fortune.

C'est que, faible et trahi par un sang trop ancien,
L'homme, en lui réputé don Juan et vaurien
Dangereux aux maris et cher aux grandes dames,
Sait qu'épuisé de vice il ne peut plus rien... rien !
Malgré sa main fébrile et son regard de flammes ;
Et cette fille aux bras épais, qui le sait bien,
Lâchée, irait conter demain son cas aux femmes.

DANSEUSE

Délicat, mince et grave... au front une topaze
Rose avec trois rubis s'étoilant sur la peau,
Le petit duc est là, sous son frêle oripeau
De danseuse, émergeant d'une écume de gaze.

La boutonnière en fleur, habit noir, le chapeau
Claque au bras, la Gomme, elle, aux premiers rangs s'écrase
Tandis qu'au fond du hall la livrée en extase
Attend, les yeux béants, le lever du rideau.

Et la frêle danseuse adorable entre en danse;
Sa taille plie, ondule, et son pied en cadence
Retombe sur la pointe.
Elle agite la main,
Comme appelant dans l'ombre une morte invisible;
Et les rouges rubis semblent du sang humain
Sur son sein droit et plat, offert comme une cible.

CHANTEUSE

Blonde, sèche et pourtant digne d'être rêvée
Sous sa toque en vison de voyou parisien
Et ses fades cheveux ramenés à la chien,
L'ayant à la Scala tout un soir observée,
Elle allait, laissant là sa glace inachevée,
Partir...

Et le d'Harcourt, où le Saint-Cyrien
Foisonne le dimanche avec le collégien,
Etait son seul espoir de femme non levée,
Quand soudain, sur la scène, en maillot, presque nue,
Une femme apparut.

Une brune charnue,
Les bras mal épilés, l'œil noir et l'air commun;
Et celle qui partait, s'étant soudain assise,
Murmura, l'œil mouillé, presqu'ému:
« Le beau brun... »

Puis élevant la voix:
« Garçon, une marquise... »

MODERNISANTES

ALTESSE

Demi-mondaine en France et presque impératrice
En Russie, où l'amour acquis d'un fils du Tzar
L'a fait grande duchesse et fille de César,
L'autre année à Florence et cette année à Nice,
Elle passe l'hiver...

Désœuvrement, caprice...?
Par ennui du sterlet royal et du caviar
Délaissant le pays, où fleurit le boyard,
Pour la ville des Grecs et des mères d'actrice.

Là dans un rocking chair, le long de la journée,
Assise et regardant la Méditerranée,
Elle songe, indolente, aux quais de la Néva ;
Et, chaste courtisane et pensive hétaïre,
Fidèle au prince aimé, qui vers lui l'éleva,
Elle rêve au palais Ivanof et soupire.

RAFFINÉE

Un beau soir, à Luchon, la grande tragédienne
Eut ce caprice étrange et digne assurément
D'une reine, d'offrir à quelqu'obscur amant
De la rue une fête adorable et païenne.

« Je veux qu'un homme, un rustre, à jamais se souvienne
« De l'odeur de ma peau, de mon enlacement...
« Et garde de ma chair un éternel tourment,
« Comme un mortel, aimé jadis d'une Olympienne. »
Dit-elle, et de sa main savante et raffinée,
La séance d'amour fut bientôt combinée.

Un guide, un Toulousain au front stupide et doux
Sous d'épais cheveux bruns, de noirs devenus roux
Au grand soleil, l'avait conduite l'avant-veille
Au Crabioul, un pic hautain, une merveille ;
Et la dame, au-dessus du gouffre en entonnoir,
Où le torrent d'enfer mugit, blanche fournaise
D'écume, avait dans l'air, odorant de mélèze
Et de pins, remarqué cette brute à l'œil noir.
Le guide au rendez-vous fut amené le soir.

Sous une lampe astrale à la clarté de braise,
Dans un boudoir obscur, la dame en japonaise,
Demi-nue attendait.
                                        Dans l'ombre, un encensoir
Exhalait à ses pieds sa fumée en spirale,
Et la dame, entrevue à travers la vapeur
Comme une vierge au fond de quelque cathédrale,
Apparut au beau gars si svelte et si spectrale
Sous son rouge et son blanc, que, béant de stupeur,
Le rustre, dès le seuil, à l'entrée, eut un râle,
Et devant tant d'apprêt partit.
                                                        Il avait peur.

EN MÉNAGE

La maison est charmante, à deux pas de la plage ;
Et la femme encor belle et l'homme à cheveux gris
Dans le jardin planté d'ifs et de tamaris
Y font six mois par an paisible et bon ménage.

Sans enfants, occupés de leurs deux chiens chéris
Boabdil et Mirza, loin du vain commérage
De la petite ville, en couple heureux et sage,
Ils vivent là dans l'ombre et les yeux attendris.

Et cependant la femme à l'humble et sobre mise,
A la police inscrite et jadis compromise
Dans le vol des saphirs de Bower bijoutier,
Puis fille au Chabanais, a bu toutes les hontes...;
Et l'homme à cheveux gris, à Monaco croupier,
Prêtait aux décavés en détroussant les pontes.

POÈTES ET BOURGEOIS

I

CRITIQUE

Au bureau du journal.
Le poète critique,
Feuillette sans le lire un volume de vers.
Arrive Mastuvu, le roi des reporters,
Qui ressemble à Balzac;
« Tiens, tiens, le *Monde antique*,
Dit-il en regardant le volume entr'ouvert,
« Très fort, ce garçon-là, non, vraiment, c'est attique,
« Très grec et plein d'audace... »
— « Et très impolitique.
« Un début éclatant est un début qui perd.
« Je n'en parlerai pas. »
— « Si l'auteur a des rentes? »
— « En a-t-il? »
— « Heu, vingt mille... »
— « Alors, tu me présentes. »

*

— « Je ne le connais pas, mais c'est aisé, mon cher. »
— « Allons, c'est vingt-cinq louis pour la faim.. dans une heure
« Je t'aurai bâclé ça: poèmes de la chair,
« Rimes d'or, un cliché..... Cet oison-là demeure? »

II

CABOTIN

La gloire? On le saura. La réclame? Peut-être.

Ses cris, ses rauquements, ses grands yeux de métal
Bilieux, ses cheveux noirs mangeant un front brutal
Et bas, l'ont fait un soir son poète et son maître.

Il a les éditeurs, les journaux, le bien-être.
Une Juive au bras grêle embaumant le santal,
Songe, esclave, à ses pieds de prince oriental
Et dit pour lui le chant d'Attila son ancêtre.

Pourtant Jokan est triste et maudit son destin
Dans Paris, sa conquête, où, beau comme Panthée,
Il est le Dieu du soir et l'homme du matin;

Car au fond de son âme il se sent cabotin,
Toujours, comme jadis, quand au quartier latin
Sur sa porte au sixième il écrivait

« ATHÉE. »

III

UN MALE

Râblé, court et rougeaud ; un vrai talent en somme ;
Un talent bien portant, trop bien portant parfois,
Très malin, vrai Normand crochu du bout des doigts,
Aux yeux de sa lectrice il est surtout... un *homme*.

Chacune vous dira quand, où, comment et comme
Il eut madame Ygrec en mai dernier au Bois,
La danseuse Inverneze à Germain-l'Auxerrois,
Dans l'église, en décembre, et madame Hache à Rome.

Aussi l'air qu'il vous a modeste et bon garçon,
En vous parlant tout bas des fautes d'orthographe
De ces femmes du monde : il a chaque autographe.

« Les femmes l'aiment trop et sont d'un sans-façon ;
« Mais, dit-il en bourrant sa pipe qu'il allume,
« Heureusement pour moi je suis homme de plume. »

IV

DÉCADENCE

Saphus aux cheveux d'ambre, aux yeux de mauvais ange
Est gras, blême et malsain comme un grand nénuphar
Poète de Lesbos, ses vers sentent le fard,
Le cold-cream et parfois un parfum plus étrange,

Grand rôdeur de cuvette et rôdeur avec art,
Il excelle à poudrer d'un givre d'or la fange
Et l'eau des mauvais lieux, et praline à l'orange
Des poèmes douteux, qu'on goûte au boulevard.

Il est souple, charmeur, plein de déliquescence;
Joli comme un éphèbe en pleine adolescence;
Comme la pourriture il est phosphorescent:

Mais il se connait trop et, plein de défiance,
Professe le mépris de tout talent naissant
Et le culte des morts, qu'il pille en conscience.

A QUOI RÊVENT LES JEUNES FILLES

Elle a seize ans, l'aspect d'une rose mousseuse,
Deux grands yeux bleus trop ronds sous de fins cheveux rou
Le père est un savant, brave homme simple et doux,
Mais la mère est coquette et la fille est poseuse.

Les samedis du Cirque et les chapeaux Frileuse,
Les private-meetings et les mails à prix doux,
La pêche à quinze louis, la pêche à quinze sous
L'affolent : dans la moelle elle est, hélas ! gommeuse.

Elle a des vestons courts, un col droit qui l'étrangle,
Une robe bridée au ventre et qui la sangle...
Mais elle sait au Bois montrer le duc Mignon.

Elle sait prononcer : « Ah ! » d'une voix exquise,
Rêve d'être célèbre ainsi qu'une marquise
Tarée, et met du crin dans l'or de son chignon.

A QUOI RÊVE L'AMOUR

Ils reviennent tous deux dans le chaud crépuscule
Par les bois de Clamart.
Le mari jeune et fort
Travaille au Ministère : alerte et sans effort,
Il porte sur son dos mademoiselle Ursule.

Mademoiselle Ursule a cinq ans : elle dort.
La mère, blonde et mince, en grand chapeau de tulle,
Pas trop coûteux, les suit : un vol de libellule
Luit dans l'air et le ciel est au loin d'ambre et d'or.

L'homme sourit, heureux : la brise est embaumée.
La femme, elle, est pensive et rêve d'un camée
Si joli, le profil d'un César, mais si cher.

Le voisin d'en dessous, le gros qu'on dit si riche,
La regarde toujours avec un œil si clair

Mais ouiche.. un vieux garçon, pas plan, roublard et
[chiche !

ASSOMPTION

Humble avec des yeux blancs, confite en sainteté,
Rendant le pain bénit, assidue aux confesses,
Dame du Sacré-Cœur, édifiant les messes,
C'est l'exemple aujourd'hui dans l'église cité.

On prétend qu'autrefois dans sa belle jeunesse
Elle aima de l'Amour les sentiers..... écartés
Et ne répugnait pas aux baisers... tourmentés,
Qu'un grand saint a traité de... suprême... caresse !

Aussi quand pour l'office, en mantelet étroit,
Elle part et s'en vient d'un baiser chaste et froid
Effleurer les cheveux de son mari bonasse,
On dit tout bas dans l'ombre, en songeant à l'été
Brûlant de cet hiver d'eau bénite et de glace :

« Elle embrasse le front, chère âme... Elle a monté. »

EN FAMILLE

Du frais boudoir Empire au grand salon Louis seize
Elle rôde, inquiète, et de ses doigts tremblants
Fleurit d'œillets musqués les vieux Sèvres galants
Et de grands iris bleus la vasque japonaise.

Sa bouche a l'incarnat et l'odeur d'une fraise.
Très svelte, en satin mauve, avec un fichu blanc
De mousseline ; elle a l'air naïf et troublant
D'un Chaplin descendu vivant de la cimaise

Debout depuis l'aurore, elle épie, elle attend
Au fond du grand château, dont elle est héritière
Son cher oncle et tuteur, vieux banquier protestant,

Qui la traite en enfant, pouvant être son père,
Et qui le soir au lit, en sueur, haletant
A son grand désespoir ne peut la rendre mère.

FLEURS DE BOUE

FLEURS DE BOUE

NOSTALGIE

A Oscar Méténier.

Jadis, en casquette à trois ponts,
Il faisait des poids aux barrières
Chez Marseille, et les chiffonnières
Aimaient son beau torse aux poils blonds.

Des nuits il couchait sous les ponts,
D'autres nuits au fond des carrières,
Et des fois chez des cantinières,
Ayant servi dans les dragons.

Aujourd'hui, gras, bouffi, maussade,
Il verse aux cochers du vin fade
Et regrette avec un hoquet

L'éclatant brouhaha des foires,
Ses amours payés et ses gloires
De lutteur devenu troquet.

L'IMPAIR

Dans son long peignoir de Malines,
Pensive, avec des gestes lents
De ses errantes mains câlines,
Elle effeuilla les lilas blancs.

Quand elle eut au bord de l'alcôve
Éparpillé toutes les fleurs,
Elle prit son éventail mauve
Et, baignant ses chaudes pâleurs

Dans le rythme ailé de la soie,
La belle au profil insolent
Me dit : « Mon cœur n'a plus de joie,
« En vérité, c'est désolant.

« Vous aviez tout, vous, pour me plaire :
« L'air commun et les yeux goulus
« Des gars normands peinant dans l'aire
« A blé, débraillés et velus.

« Vous, au moins, large et brun de hâles,
« Vous avez du sang sous la peau
« Et les robustes forts des Halles
« Portent comme vous leur chapeau.

« J'ai tant aimé chez la marquise
« Votre faux air endimanché ;
« Je t'ai pris, la chose est exquise,
« Presque pour un garçon boucher,

« Et de suite ai dit : quel dommage
« Qu'on ait lavé ce garçon-là.
« Puis, quand j'ai su que du village
« Tu venais d'arriver : Voilà

« Le phénix, l'oiseau bleu, me dis-je,
« Nouveau de la tête au talon.
« La fleur est encor sur la tige,
« Nous dresserons cet étalon.

« Jusqu'à tes cheveux couleur paille,
« Que d'autres traitent de fadeurs,
« Et tes moustaches en broussaille,
« J'adorais jusqu'à tes laideurs.

« Lèvre à lèvre, mon bras qui tremble
« Serré sur tes reins vigoureux,
« Nous aurions pu connaître ensemble
« Des jours si savamment heureux.

« Mais c'était un caprice, un songe,
« Puisque le hasard décevant
« N'a pas fait grâce d'un mensonge
« Et que vous êtes un savant.

« — Mais aussi, quelle balourdise,
Dit-elle en fermant ses yeux verts
Encor mouillés de gourmandise,
« Vous m'avez apporté des vers. »

PRÉCOCITÉ

A Guy de Maupassant.

I

Un foulard rouge autour des reins,
Le soir à l'entour des guinguettes,
Elle vendait des allumettes
En allumant des vieux marins.

Un collier de corail à grains
Rares, alternés d'amulettes,
Faisait un bruit de castagnettes
Sur sa peau brune aux tons d'airains.

Dans sa tête ronde et crépue
Son œil et sa bouche lippue
Mettaient un large et double éclair ;

Et le musc et l'odeur du nègre
Confondaient dans son buste maigre
Un parfum de plante et de chair.

II

Les forçats, dont vingt ans de bagne
Ont blasé le cœur et les sens,
Aimaient ses reins noirs et luisants,
Qu'un lambeau de pourpre accompagne,

Reins de garçonnet de douze ans,
Et pour un cigare d'Espagne
L'attiraient droite, sous son pagne,
Entre leurs genoux caressants.

Penchés, la prunelle allumée,
Sous sa peau lentement humée,
Leurs jarrets la serraient un peu ;

Et l'enfant, sous l'œil des étoiles,
Sentant leurs genoux sous leurs toiles,
Passive, leur donnait du feu.

DÉBUT

Dans la baignoire parfumée,
Où s'opalise un lait d'iris,
Zara, dans l'eau demi-pâmée,
Déchiffre un courrier de Paris.

Un bout friand d'épaule rose,
Plus loin un coin de genou blanc,
Flots de chair blonde, où se pose,
Ébloui, le regard tremblant,

Sont les jalons de nacre fine
Du beau corps souple et délicat,
Que sous l'eau laiteuse on devine
Digne en tout point de l'Opéra :

Et sur ce coin d'épaule blanche,
Que veine à peine un réseau bleu,
L'entreteneur, un juif, se penche
La gorge sèche et l'œil en feu.

Mais elle, sous l'eau qui frissonne
Dérobant brusquement sa chair,
Interrompt monsieur qui bougonne
Par un : « Lisez ceci, mon cher. »

Et comme au courrier des théâtres
Il a pris la feuille et la lit,
Écarquillant ses yeux bleuâtres
Sous ses lunettes d'or pâli :

« Hein, comme je dois être heureuse.
Dit la baigneuse avec douceur,
« La presse est-elle assez flatteuse ? »
— « Oui, c'est un succès pour ta sœur,

« C'est une chance inespérée,
« Ce début, que tu craignais tant,
« Trois rappels, la salle enivrée,
« C'est un triomphe à bout portant.

« Jolie, intelligente et fine.
« L'article me coûte assez cher,
« Cinquante louis, mais... »
— « J'imagine
« Que vos yeux n'oñt jamais vu clair. »

Et Zara sortant toute droite
De la baignoire, où l'eau frémit,
« O ganache, ô cervelle étroite,
Crache-t-elle au vieux qui blémit.

« Ma sœur est louée, encensée,
« Le talent, le geste, l'émoi,
« La salle entière électrisée,
« Elle a tout et tout... Hé bien, moi !

« Où, suis-je en tout cela ? — Plaquée,
« En vérité, c'est enrageant.
« Ah, mon vieux, vous m'avez manquée,
« Vous en aurez pour votre argent.

« Rosine ! et cassant la sonnette,
Dont le gland tombe au fond de l'eau,
« Mon costume de femme honnête,
« Vite ma robe et mon chapeau,

« Mes gants de Saxe et ma fourrure,
« Celle qui sent le vétiver.
« Ah, je vais vous la mener dure,
« Je deviens femme à reporter.

« J'aurai pour moi toute la presse,
« Ça me connaît, moi, les journaux,
« Ah ! vous laissez votre maîtresse
« Au dernier plan, roi des nigauds.

« J'en aurai, moi, de ces articles,
« Au prix coûtant, chair contre chair,
« Bon vieux qui portez des bésicles
« Juste assez pour n'y plus voir clair. »

Et, poussant monsieur qui s'indigne,
Elle endosse l'étroit peignoir,
Chausse au trot ses mules de cygne
Et ferme au verrou le boudoir.

CORPS DE BALLET

A Ch. Willette.

QUADRILLE

SALOMÉ	*Méquignon Ire*
MISS MISER	*Sangalli*
MORI	*Mauri*
HERODIAS.	*Méquignon seconde*

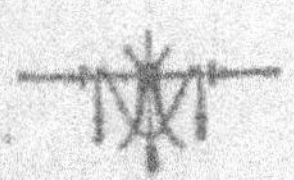

CORPS DE BALLET

SALOMÉ

Tout en tulle, légère et féroce, un grand peigne
Mordant ses crins d'or fauve et d'un air délicat
Du revers de sa main portant sur un grand plat
La tête de Pierrot, dont le front troué saigne,

Elle apparait dans l'ombre au pied de l'Opéra
Très blanche ; et se tournant, dans sa jupe étoilée
De paillons, vers la tête horrible et mutilée,
Ébauche sur sa lèvre un rire scélérat.

La tête blême et veule avec ses larges plaies
A la tempe et ses yeux révulsés, dont deux taies
Sont les mornes regards, a pour nimbe un louis d'or.

Un louis... et sous son fin maillot taché de boue
Et de sang, Salomé, fille et sœur de la Mort
Rit à l'humanité, que ce louis d'or bafoue.

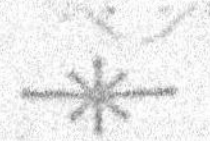

MISS MISER

Paris l'hiver, le soir... au fond du brouillard sale,
Où le gaz allumé fait autant de points roux,
Maigre et la gorge offerte avec des grands yeux fous
Resplendit la Misère, hétaïre spectrale.

Ses bras nus sont bleuis de baisers et de coups,
Et tandis qu'elle étrangle un affreux chant qui râle,
Sous sa jupe de gaze enroulée en spirale
Elle montre aux passants sa cuisse et ses genoux.

Le fard s'écaille et coule aux deux coins de ses lèvres
Et, sous le froid qui mord, grelottante de fièvres,
Elle essuie en pleurant son épaule en sueur.

Ses pieds gonflés et gourds retombent sans cadence,
Et sous le Jablockhof à la blême lueur
Le clubman applaudit la Volupté, qui danse.

MORI

Sous les flocons de givre et le baiser lunaire
De la nuit, où fuyaient des quais ouatés de blanc,
Frêle, à peine esquissée en un contour tremblant,
Elle dansait dans l'ombre au pied d'un réverbère,

Tout en gaze d'argent, si blême et si légère
Qu'on eût dit de la neige animée en tombant,
Et qui dansait pour plaire à l'enfant, sur un banc
Oublié dans ce coin de Paris solitaire.

Le nourrisson, pauvre être aux lèvres violettes,
Râlait, quand l'ayant pris entre ses mains squelettes
La danseuse chanta: « Do, do, do, l'enfant dort. »

Et dans cette berceuse aveugle et sans prunelle,
Pâle, ayant reconnu la nourrice éternelle,
Je saluai très bas la danseuse la Mort.

HÉRODIAS

Portant dans ses bras nus, comme un sanglant trophée
Une tête de femme aux yeux blancs et collés,
Flambe et luit au milieu des gommeux assemblés
Le duc Hérodias, atroce coryphée.

Sous de faux cheveux roux, de rubis constellés,
Il danse en tutu rose un pas troublant de fée,
Applaudi de la tourbe heureuse et bien coiffée
Des banquiers délicats et des ducs épinglés.

Or, tandis qu'il triomphe au bruit rageur du sistre
Dans Paris qui s'amuse une ville sinistre
Transparaît lentement sous les lustres en feux,

Jérusalem infâme aux monuments boueux,
Cité de pharisiens, changés en fils de cuistre,
Où le Temple est à vendre aux vices qui sont dieux.

FLEURS DE BOUE

VALSE LENTE

Mince et blonde, en satin bleu pâle
Et l'aigrette de diamant,
En clartés droites s'allumant
Sur sa frêle tête idéale,

Elle ôte avec des gestes lents
Ses gants montant jusqu'à l'épaule
Et, sous les feux étincelants
Du triple collier qui la frôle,

Elle attend, désirant savoir
Pourquoi, si correct d'habitude,
Le comte avait au bal ce soir
Cette étrange et morne attitude ;

Et, relevant ses bandeaux roux,
Un peu défrisés sur la tempe,
Elle interroge le jaloux
En tête-à-tête sous la lampe.

« Quel motif aviez-vous ce soir
« D'être grotesque à l'ambassade?
« Un pitre est triste en habit noir.
Dit-elle à son mari maussade.

« Seriez-vous jaloux par hasard?
Et comme il hausse les épaules,
« Alors! pourquoi ce prompt départ
« Et cet air imité des saules?

« C'est pour monsieur de Charnancer?
« Vous seriez mécontent, Léonce,
« Pour trois fois qu'il m'a fait danser?
« Mais il est le neveu du Nonce.

« J'ai même au Ministre accordé
« Sous les mimosas de la serre
« Le long entretien demandé
« Et Dieu sait si c'est pour vous plaire!

« Car elle est d'un ennui réel,
« Cette Excellence de passage,
« Et le grand air officiel
« De la ministre et son corsage!

« Pour obtenir ce résultat
« Supportez donc une heure entière
« L'ennui profond d'un chef d'État
« Morne époux de sa cuisinière ?

« De votre gros banquier Bompard
« Enfin j'ai, sachant votre compte
« De plus de six mois en retard,
« Accepté l'affreux bras sans honte !

« Et parce que, lasse d'ennui,
« J'ai pour le cotillon... quel crime !
« Accepté ce grand fou de Guy,
« Vous prenez des airs de victime ! »

« — J'ai surpris ce soir vingt clins d'yeux,
« Quand vous valsiez avec ces drôles,
« Guy de Séranne et Jean Herbieux,
« Et ce sont là de jolis rôles

« Pour un mari d'être témoin
« Des valses lentes de sa femme !
« Ces cotillons là mènent loin,
« Quand on porte un grand nom, madame ! »

Mais elle, d'un froid regard clair
Arrêtant monsieur, qui s'anime
« Ces valses lentes, là, mon cher,
« Ne m'ont pas menée à l'abîme.

« Vous le savez... puisqu'après tout,
« Avec dix mille écus de rente,
« Vous avez chasse à Montretout,
« Hôtel ici, la vie errante

« L'hiver à Nice, à Monaco,
« Où je solde encor votre dette,
« Quand vous ne faites pas banco
« Au bac, où votre honneur s'entête.

« La valse est mon mauvais côté »,
Et comme frappant sa semelle
Au tapis sourd, l'œil irrité,
L'homme a sifflé ce mot : « Femelle! »

— « Femelle... » en êtes-vous certain
Reprend la femme, tête haute.
« Le complaisant vaut la catin
« Si je suis telle, à qui la faute?

« Si je fournis à votre jeu,
« A vos maîtresses, par ma honte,
« J'ai bien gagné, j'espère, un peu
« Le droit de valser pour mon compte!

DILETTANTISME

A Georges Rochegrosse.

I

Un rouge chapeau Directoire,
Dont l'ombre avivait ses yeux bleus
D'une adorable estompe noire,
Encadrait l'or de ses cheveux;

Et de ses coudes nus d'ivoire
Plaquant contre ses reins nerveux
Un étroit mantelet de moire,
Doublé de surah couleur feux,

Elle avait l'air fine et câline
Dans sa robe de mousseline
D'une maîtresse à Talleyrand.

Elle était moderne et divine,
Et son long regard attirant
Disait la femme qui raffine.

II

Assise au bord de la terrasse,
Son fin profil au vent de mer,
L'œil distrait, un griffon de race
Blotti sur ses bas couleur chair,

Elle souriait un peu lasse,
Avec un petit rire amer,
Aux boursiers entouran sa place,
Haut cravatés, gantés de clair.

Son chien ayant rompu sa laisse,
Un matin, timide, implorant,
De l'aborder j'eus la faiblesse.

Mais elle, d'un ton de tyran,
« Le paradis n'a plus de pommes,
« Monsieur, je n'aime pas les hommes ! »

IDYLLE

Toutes les deux, les mains errantes
A la nuque ou dans les cheveux,
Sous leurs ombrelles éclairantes
D'Andrinople à larges bords bleus,

Elles allaient, la taille prise
Dans l'étroite blouse en foulard
Sur la jupe de toile grise,
De Fécamp à Saint-Léonard.

Elles allaient dans une ferme
Consoler un vieux désespoir,
Une vieille amie avant terme
Morte au monde et toujours en noir.

Les yeux gros de sommeil encore
Et, sentant la fraîcheur de l'eau,
Leurs cheveux de chanvre et d'aurore
Bien serrés sous leur grand chapeau,

Elles gravissaient, côte à côte,
Dans l'air clair et bleu des matins,
L'étroit raidillon de la côte
Avec des rires argentins.

L'horizon des mers autour d'elle,
Troué de vols de goëlands,
Nimbait d'éclairs et de coup d'ailes
Leurs cous minces et leurs fronts blancs.

Au milieu de la calme houle
Des blés et des lins jaunissants,
Dont l'ombre murmurante roule
Des fleurs et des odeurs d'encens,

Elles allaient dans la rosée,
Et le velouté de leur chair,
Dans le bleu du ciel enchâssée,
Fleurissait au bord de la mer.

On arrivait à la masure.
Contre les vieux pommiers sans fleurs
Chacune essuyait sa chaussure,
Aux cris des dindons querelleurs.

On entrait. Auprès d'une table
La vieille amie en cheveux blancs,
Les yeux tristes, l'air respectable,
Cousait avec des doigts tremblants.

La joue usée aux lèvres fraîches
S'offrait. Deux maternels baisers
Effleuraient à peine les pêches
Des fronts unis et reposés...

Puis de l'humble salle, embellie
De lys dans des vases de grés,
La vieille heureuse, recueillie,
Leur faisait gravir les degrés.

Là c'étaient toujours des surprises
De l'aïeule aux deux jeunes sœurs,
C'étaient en juillet des cerises,
Des gâteaux poivrés, des douceurs.

C'était bourgeois, touchant, honnête.
Coppée aurait fait un sonnet
Du verger, de la maisonnette,
De la dame et de son bonnet.

J'avais pris la douce habitude
D'aller les attendre en chemin,
Des pinceaux, une ancienne étude...
L'ombre d'un prétexte à la main.

Assis au tournant des trois routes
Dans l'âpre et bonne odeur du foin,
J'épiais, le cœur aux écoutes,
Leurs pas rythmés sonnant au loin.

L'attente était délicieuse :
Sous le ciel implacable et pur
La campagne silencieuse
Roulait ses vagues de blé mûr.

Mais cette attente était un crime
Qu'un mot m'a fait payer bien cher.
Pourquoi l'azur est-il abîme,
Pourquoi la fleur a-t-elle un ver?

Vautré parmi les épis grêles,
Un matin, qu'invisible, heureux,
J'écoutais mes deux tourterelles
Passer au fond d'un chemin creux,

J'entendis (d'année en année,
Ce qu'on entend vous rend songeur)
La plus jeune dire à l'aînée,
En l'étreignant d'un bras rageur :

— Hé, part à deux, mon petit homme,
« Te voir masser, c'est enrageant,
« La vieille, à la fin nous assomme,
« Elle en a trop pour son argent. »

VALETAILLE

A Émile Goudeau.

— « Moi, d'abôrd, je suis à la coule.
J'veux pas servir chez des bourgeois,
Mais chez des nobles, où l'on roule
Son persil au retour du bois. »

Et charmant, la figure en boule,
Sanglé dans les plis trop étroits
De sa culotte qui le moule,
Le groom avait un air narquois.

— « Mince qu'on a des bénéfices
Chez des ducs. Les ducs ont des vices. »
Et, déposant là son plateau,

L'enfant cambré devant la glace,
S'appliquait à bien tendre en place,
Plis à plis, sa culotte en peau.

DROLES ET SEIGNEURESSES

SAUT D'OBSTACLE

Le marquis est navré : c'est une fausse couche.

Coiffée en jeune gars et svelte en long peignoir,
La petite marquise au fond de son boudoir
Reçoit ses visiteurs, le sourire à la bouche.

« Allons, ne pleurez pas... Est-ce que ça me touche?
Dit-elle, toute drôle, au duc de Bonvouloir,
Qui, datant du roi Louis, croit être au désespoir,
« Pour un enfant lavé, vous voilà bien farouche !

« Il m'embêtait assez ce môme à mettre au jour,
« Puis les enfants, cher duc, c'est la mort de l'amour.
« Enfanter et nourrir, c'est écœurant, parole.

« Eut-on jamais l'idée à vingt ans d'accoucher?
« Aussi j'ai travaillé rageusement, en folle
« Cheval et sauts d'obstacle... et je l'ai ... décroché. »

GRATIN

« Cinquante louis, »
— « Banco, vingt-cinq nouveaux ? »
— « Ramasse,
« J'ai la guigne.»
— « Parbleu, tes grooms te font la cour.
« Tu perds au jeu, mon vieux; trop de chance en amour.
« Tiens-tu ces vingt-cinq louis ? »

— « Tombés encor, je passe. »
Le petit prince Iwich, veule et la marche lasse,
Arrive là-dessus.
« Bonjour, amis, bonjour!
« Je sors de la première.. ah, mes enfants quel four !
« Une vierge encor vierge et tout le temps sans casse ! »
Puis s'adressant au duc
« Je cherche un vrai masseur,
« Un solide. As-tu ça? »
— « Dans la classe indigente

« Ça se voit. »

— « A propos j'ai rencontré ta sœur, »

— « Laquelle ?

— « La marquise. »

— « Ah bon, l'intelligente.

« Elle était à *Smilis ?* »

— « Avec Daux »

— « Bon lanceur,

Mais il n'ira pas loin, ma sœur est exigeante. »

LITTLE BOY

La marquise entre. Emoi.
Charmante et garçonnière,
La jaquette en drap noir, le cou frêle étranglé
Dans le petit col droit, plastron blanc épinglé
D'or anglais, cheveux courts, rose à la boutonnière.

Aussi dans l'assistance antique et minaudière
Des *potets* [1] au chignon savamment crespelé,
C'est tout un désarroi comique et désolé
A ces témérités d'enfant primesautière.

Enfin le gros orage éclate à l'unisson
« Ma chère, un tel costume est la honte des femmes. »

Mais elle avec un air de gamin polisson
« Je suis de votre avis, mais qu'y faire, mesdames?
« Le marquis m'aime telle, et n'a pour moi de flammes,
« Que les jours, où je suis habillée en garçon. »

[1] *Potets*, argot de club, vieilles belles.

ADULTÈRE !

« Et maintenant, monsieur, constatez l'adultère »

La porte est enfoncée et dans le restaurant
Obscur, aux volets clos, sentant l'ambre, attirant
Comme une tiède alcôve, entre le commissaire

Le mari sur le seuil est resté, dévorant
Sa honte, quand soudain une voix jeune et claire :
« Constatez donc, monsieur » et, ne sachant que faire ;
Le seigneur à l'écharpe hésite en admirant :
Car, les cheveux défaits, les lèvres ingénues,
Deux femmes aux yeux las, deux femmes demi-nues
Causent, la coupe en main, sur un large divan.

Une sueur au front, l'homme a rugi.
« Marquise !
Elle alors sur un ton d'impertinence exquise :

« De quoi vous plaignez-vous, je ne fais pas d'enfant ! »

VILLÉGIATURE

« Je suis bien invité, mais la dèche est profonde.
« Le voyage n'est rien, mais ce sont tous les frais;
« Mets d'abord trente louis chez Poole, trois complets,
« C'est le moins pour huit jours; mets en vingt à la ronde
« Chez Hazard et Doucet: le pourboire aux laquais:
« Deux louis à chacun d'eux, ils sont là tout un monde.
« C'est un gouffre, te dis-je, et je veux qu'on me tonde:
« Je te fais grâce encor du fretin des bouquets. »

Alors le frère aîné de l'air d'un chat, qu'on fâche.
« Vingt-cinq ans, mince et fort, le nez droit, la moustache
« Couleur de seigle mûr et les yeux, que voilà;
« On t'invite à Bérode et tu n'irais pas là!
« La fille a dix-huit ans. »
— « Hé bien. »
— « Compromets-la
« Et de force au besoin. Sinon, tu n'es qu'un lâche. »

BONNE PISTE

Madame est à genoux, qui boucle et fait les malles,

La Bourse est à la baisse et Monsieur au Grand prix
Sur les chevaux anglais ayant mis ses paris,
On va prendre les bains de mer aux Grandes Dalles,
Un hameau de pêcheurs aux taudis noirs et sales,
Où l'on pourra dans l'ombre user les grands habits
Louis seize de l'hiver et baigner les babys.

Monsieur, blême et nerveux, tord ses moustaches pâles,
Quand tout à coup fixant sa femme aux yeux charmants,
Lourds de pleurs :
Défais ça, vite, en trois mouvements.
« Cours chez Rouff et Mantel, nous partons pour Deauville. »
Et cynique, envahi d'une rougeur fébrile,
Il lui montre annoncé dans les déplacements
Du sport :
Baron Hulot, villa Marneff. Trouville.

DIT AU CLUB

« Ah, l'aventure est neuve et piquante.
En décembre
Je connais la comtesse ; un front veiné d'azur,
Des yeux battus, fort beaux : l'aspect d'un fruit trop mûr,
Qui pourrit doucement avec des senteurs d'ambre.

On m'avait prévenu.
« Te voilà nommé membre
« Du cercle des Passants, m'avait dit Jean, un pur.
« C'est au mois. »
— « Ah, vraiment, dis-je à cet ami sûr,
« Bon, je la lâcherai pour sa femme de chambre. »

C'était assez coquet.
Le mois voulu passé,
« Je viens vous annoncer, chère, une impolitesse,
« J'ai vu par votre hôtel certain minois rosé,
« Que j'ai mis en voiture. »
— « Enfin, dit la comtesse,
« Vous avez de l'esprit. Moi je suis la maitresse
« D'Harry votre cocher. »
Elle m'avait croisé.

MARIAGE

« Maintenant, mon ami, conte-moi ma future.
« Tu veux me marier.
Pour arrêter les frais
« Des emprunts, (les amis son parfois indiscrets),
« Tu m'enterres, c'est bien... Elle a de la figure?

— « Très blonde... »
— « De la taille ? »
— « Une bonne tournure »
— « Mal faite... et dix huit ans ? »
— « Dix huit ans... à peu près «
— « Vingt-cinq ans. La dot est ? »
— « De cinq cent mille ?
— « Après ?
— « Le double. »
— « Et là bien vrai, rien, aucune aventure ?

— « Aucune. »
— « Alors, mon cher, je ne l'épouse pas.
« La fille au million, qui prend le vieux panas,
« L'homme enfin que je suis, sans faute, est une grouse »
— « C'est-à-dire... on a dit... dans le monde on jalouse
« Bien vite une héritière. »
— « Allons, pas d'embarras.
« Qu'on double son apport, mon cher, et je l'épouse. »

MODERNISANTS

JOCKEY

C'est l'heure, où l'on descend fumer aux écuries,

Les invités du duc, allumés de tokay,
Veulent complimenter dans Harry le jokey
Le vainqueur du Derby.
Les boxes sont fleuries
De genêts et de houx, avec les armoiries
Et le crest écossais en or sur fond d'azur:
Les boys impertinents, rangés contre le mur,
Croient devoir faire aux lords des mines ahuries.

Harry Lees, le héros de la fête et du jour,
Plus hautain qu'un lord-maire au milieu de sa cour
De palfreniers gourmés, prend son thé vert et laisse
Défiler devant lui les lords de la noblesse,
Plein du cynique et froid mépris de la drôlesse
Pour ces gens, qu'il fait perdre et gagner tour à tour.

DARLING

La moustache soyeuse et rousse, bien en chair,
Une chair de beau blond à l'œil appétissante,
Carrant les reins nerveux et l'épaule puissante
Dans le tricot foncé sur le pantalon clair,
Le darling se promène en face de la mer,
Indolent...
Et la troupe affreuse et médisante
Des dames en chapeaux rubis, effervescente,
Détaille son costume et sa marche et son air.

« C'est un grec
— Un escroc!
— « Pis, la vieille duchesse
« D'Athys l'entrenait —

« Il est du cercle exclus. »
— « La juive madame Irb est, dit-on, sa maîtresse.

« Voyez, c'est indécent... la petite comtesse
« D'Orseuil, elle s'arrête et lui rend son salut? »

— « La comtesse, sa mère, était une drôlesse...
« Après tout, et la fille aura de qui tenir... »

Et c'est un flux montant de cris, d'aigres paroles,
Une rumeur d'oisons et de perruches folles,
En délire, écorchant l'homme à n'en plus finir.

« Je l'ai connu jadis, j'en ai bon souvenir,
« Il était gondolier, à Venise, en gondole,
« Oui, madame, et chantait le soir la barcarolle ! »

« Chanteur !
— « Un tel passé répond de l'avenir. »

Et le darling aimé, ravi de tant de haine,
Beau, sans tempérament, lentement se promène,
Serti dans son tricot anglais.
Son seul orgueil
Est d'avoir mis le clan des laiderons en deuil,
Tandis que, dédaigneux, en marchant, il égrène
Des aveux non sentis dans l'oreille mondaine
De quelque madame Irb ou comtesse d'Orseuil.

ISOLÉ

Seul... et c'est là l'énigme étrange de sa vie?

Le soir à l'Opéra dans sa loge; aux retours
Du Bois, dans son coupé, seul on le voit toujours,
Partout, sans un salut, sans une sympathie.

Cet homme a cependant le grand train qu'on envie,
L'hôtel aux cent tableaux signés de noms fameux,
Les chevaux haut cotés et les printemps brumeux
A Londres, aux deux mois de la saison suivie.

Comte hongrois madgyar et fils de grand seigneur,
Il n'a jamais forfait aux règles de l'honneur
Selon les lois du cercle, où le failli s'affiche...
Et seul entre ses grooms et Stany son caniche,
Il vit morne et parqué dans son triste bonheur
D'être trop fantaisiste en étant né trop riche.

ATHÉNIENNE

Cinq heures! dans la serre.
Au fond de l'avenue
Kléber, les cavaliers et les fins tilburys
Descendent au grand trot.
Ici, de bleus iris
S'effeuillent dans la vasque, où rit, nymphe ingénue,
Une Psyché de marbre et, comme Psyché, nue,
Grelottante, les seins roses sur le fond gris
Du vitrage, Dinah sourit, les yeux meurtris,
A son amie Alice.
Alice est en tenue
D'atelier, cheveux courts, le pantalon collant,
Et le veston fleuri d'un brin de lilas blanc;
Au col, un flot de tulle et de guipure ancienne.

Elle étreint lentement dans sa pose païenne
La vivante Psyché; puis d'un ton bas, troublant,
Presqu'éteint, lui chuchotte à l'oreille :
« Athénienne. »

ROMAINE

Soir de fête, à Grenelle.
                                        Ecole Militaire,
Dehors : troupiers, sous-offs, marlous, chez les troquets,
Godaillent.
                    Chez Marseille, où fument les quinquets,
Ces messieurs de la lutte, une peau de panthère
Aux reins, carrent leur torse et, la peau ferme et claire,
Le poil roux, font l'entrée, encor pleins de hoquets
Du dernier coup de vin.
                                        Au bas, les freluquets,
Les « dalleux » maquillés se traitent de « ma chère ».

Chosette, au bras d'un peintre, exquise en satin noir,
Venue, elle pour rire, et lui voulant tout voir,
Pense qu'il serait doux peut-être, un soir d'orgie,
De connaître un vrai mâle enfin...
                                                    La nostalgie
Du ruisseau, de l'amour et des anciens bouis-bouis...
Mais Chosette est en dèche et Piétro vaut trois louis.

MONDAINS

I

Six heures du matin.
Aux plis froncés du store
S'allume avec le jour un reflet calme et blanc
Et l'escalier de marbre, où monte d'un pas lent
Lady Bellah Tempest, grandit avec l'aurore.

Lady rentre du bal ; le col étincelant
Des perles de famille et frémissante encore
D'étreintes, la peau moite et la tête sonore
De valse, et son profil en est moins insolent :

Car c'est l'heure énervante, où la chair, encor chaude
D'attouchements, défaille ; où le désir, qui rôde,
Gonfle le sein plus ferme, et mouille l'œil nacré...

Et sur l'escalier vide un grand laquais poudré,
Plein du puissant attrait d'un fruit pris en maraude,
Attend, le buste droit et le mollet cambré,
Que lord Tempest, au club attardé, soit rentré.

II

Le mari vieux, jaloux, maussade et sans esprit,
Vous avez deviné...

Non pas, ne vous déplaise ;
Monsieur Steiss a trente ans, œil noir, tenue anglaise,
Trois millions en plus, mais il est le mari...
Sans autre titre, hélas que des titres de rente !
Agent de change... fi ... Steiss, un nom plébéien,
Français, tandis que Serge est, lui, prince autrichien,
Polonais d'origine et marquis de Tarente.

Il est vrai que le prince a plus de quarante ans,
Qu'il a le cheveu jaune et rare et que ses dents,
Si l'on en croit les bruits, sont très problématiques.

Mais le prince eut jadis de royales amours,
Il porte enfin chez lui des vestons de velours,
Brodés d'or et taillés en vieilles dalmatiques...
Puis ces grands débauchés vous ont de tels discours,
Qu'enfants, mari, famille à la lignée ancienne
Du prince céderont le pas, trop honorés
De la grande faveur.

Et les doigts enfiévrés,
Madame Steiss écrit de sa main plébéienne,
De sa main digne, hélas, d'être patricienne,
Comme il le dit lui-même avec des yeux navrés,
Ces seuls mots sur la carte aux quatre coins dorés.

« J'irai demain chez vous, je vous aime,
Adrienne. »

BIBLIOTHÈQUE NATIONALE R.F. (IMPRIMÉS)

III

Presqu'un bouge.
Une salle infâme, empuantie :
Des filles en cheveux dansant, une lueur
Dans l'œil, entre les bras de gros gars en sueur,
Et la chute des pas dans la crasse amortie.

C'est de ce bal hideux qu'elle est un jour sortie,
Elle qu'on voit conduire au Bois chaque matin,
Attelée au poneys, la charrette en bois peint,
Dans sa robe en cheviot écossais bien sortie.

Quand le comte et absent, c'est là qu'en satin noir
Dissimulée, obscure et seulement trahie
Par ses pendants d'oreille, elle revient le soir
De bal...
Et là, dans l'ombre assise et l'œil en flammes,
Elle épie, elle suit les ébats de ces dames
Au bras de gars, bâtis en garçons de lavoir,
Qui ne paient pas leurs bocks et qui battent les femmes.

PARISIENS

A Rodolphe Salis.

SEIGNEURS

De Saint-Lazare aux abattoirs,
En blouse et la mine fleurie
Les beaux gars de la boucherie
Sont les grands seigneurs des trottoirs.

Blême en bonnet de lingerie,
L'ambulante, en caraco noir,
Qui rôde autour de l'assommoir
Aime un gars dans la boucherie.

L'artiste phtisique, amaigrie,
Qui vient boire à minuit le soir
Le sang de bœuf à l'abattoir,
Sent dans sa poitrine flétrie

Renaître la vie et l'espoir,
Quand, tout fumant de la tuerie,
Le beau gars de la boucherie
Lui tend la tasse de sang noir ;

Et les longs jours de flânerie
Le p'tit homme aimé, que vont voir,
Somptueuses en satin noir,
Les servantes de brasserie,
C'est, la mine rose et fleurie,
Un assommeur de l'abattoir.

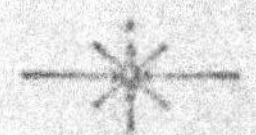

PÉCOPINS

A Émile Zola.

Au coin du boulevard... minuit... C'est la sortie
Des théâtres.
Rangés le long des grands cafés,
Haut cravatés de blanc, corrects et bien coiffés,
Des petits messieurs blonds à la mine abêtie
Prennent leur chocolat..
Charmante galerie ;
Jeunes forçats du Pschutt, aucun d'eux n'a dîné
Mais chacun a le col étroit du boudiné,
La cravate neigeuse et de lys d'or fleurie,

Pour calmer l'estomac révolté qui se venge,
Ils souperont dans l'ombre en rentrant d'une orange
Mais Paris les a crus ce soir à l'Opéra :
Ils étaient en habit.
Opéra dit danseuse,
Loge, entrée au foyer, souper et cætera
Et leur joie, étant bête, en est délicieuse.

UNE PUISSANCE

Il habite aujourd'hui dans les Champs-Elysées,
Dont il fait les beaux jours aux premiers mois d'été,
Marinant dans les fards une antique beauté,
Pleine encore de dédains et de hautes visées.

Baron de Louis-Philippe autrefois haut coté,
A force de baiser des mains poudrerisées
Et des chimères d'or enfin réalisées,
Il s'est éveillé pauvre un jour, mais redouté.

Car il est le mondain chevronné, qui décrète
La beauté d'une femme et ce qu'elle sera,
Qui découvre au beuglant la diva d'opérette,
L'invité qu'on emmène en loge à l'Opéra,
En Russie, en sleeping, à Longchamps en charrette

Cet homme ayant été, donc il est...
Il sera.

DÉCAVÉS

Au baron D...

Corrects et mis à peindre, en costume gris fer,
Tubés, rasés de près et la peau satinée
Deux par deux, stick en main, toute la matinée,
On les voit faire au Bois les cent pas du *masher* [1].

L'un doit à son coiffeur sa moustache d'or clair,
L'autre à son corsetier sa taille boudinée,
Le troisième à Guerlain sa peau veloutinée
Et chacun au mépris l'objet dont il est fier.

Vieux beaux, pourvus trop tard de conseils de familles,
Prétentieux chercheurs de beaux-pères rêvés,
De la Concorde au Bois, ce sont les décavés.

Les décavés, dit-on, au fond ce sont des filles,
Filles sous leur fraîcheur de mâles trop lavés,
Comme les filles, las de n'être pas levés.

[1] *Masher.* — Homme de faux chic.

AIMÉ !

A-t-il assez vécu de honte et de chantage
Avant d'être arrivé le bretteur élégant,
Qui monte à Chantilly l'isabelle fringant,
Et mène à Biarritz la vie à grand tapage !

Pour mettre cet ancien rôdeur en équipage,
Lui qui, môme chétif et blême, allait le soir
Ramasser les mégots éteints sur le trottoir,
Il a suffi d'une heure et d'une Adèle Page !

Une heure, l'heure étrange, où, lasse de l'amant
Titré, qui l'entretient, autant qu'il la méprise,
La fille la plus vile au cœur est soudain prise
D'un besoin de tendresse et d'âpre dévouement !

Femme soûle d'affront, un peu d'amour la grise,
Et riche est le voyou qui passe au bon moment !

COPAILLES

A Émile Zola.

Boulevard extérieur...
Au fond des Brasseries
Moyen âge aux vitraux de lys enluminés,
Des messieurs de talent aux gestes avinés,
Déclament à leurs bocks des vers pleins de furies.

Dehors, bravant Novembre et son intempérie,
Autour de trois quinquets, des gens aux traits minés
Boivent avec des yeux ardents d'hallucinés
La chanson d'un joueur d'orgue de Barbarie.

Mêlés à des gamins, à des vieux ouvriers,
Des messieurs en chapeau, rôdent, petits rentiers
Venus pour respirer l'odeur de ces canailles
Et, tandis qu'ils sont sont là, gros à lard de mangeailles
Un grand blousard, puant l'âcre vin des setiers
Les bouscule du coude en criant ;
« Hé, copailles ! »

DÉBUTANT

A mon mélancolique ami.

« Adorable, charmant, modeste.. et tant d'esprit!
« Son volume.. un chef-d'œuvre.. et ses vers.. un miracle.
« De l'âme de la femme il est le seul oracle,
« Seul il nous a compris, si jeune!.. et c'est écrit

« A ravir » et, les bras et la gorge en spectacle
Exhibés, la marquise, un peu mûre (on la prit
Un soir pour son cocher) se pâme et s'attendrit
Sur les vers et l'auteur, qu'elle met au pinacle.

Il est vrai que la dame a plus de cinquante ans,
Mais elle est très-très riche et ses succès.. d'antans
Lui valent un salon plein de... reconnaissance...

Et le poète blond, qui l'adore et l'encense,
Sait que les vieux chevrons pesent... les débutants
Puis?... la maîtresse utile... est celle qui finance.

ACROBATE

Le Cirque un samedi,
                    De gradins en gradins
Penchés, le cou tendu, pour voir la corde raide,
Où se cambre en jouglant le danseur Ganymède,
Au maillot blanc brodé de lys incarnadins,
Impures et gommeux, foule embaumée et laide,
Font la haie, et fixant tendresses et mondains
De son œil d'acrobate empli de froids dédains,
Gany, canaille et calme, interrompt l'intermède.

Il promène insolent son regard clair et pâle
De la rousse *Épinglée* au suave *Aminci*.
De laquelle et duquel hélas n'est il ici
L'amant ou le rival heureux ?
                    En raccourci
Il présente au public un torse large et mâle
Et les joyeux hurras font rage dans la salle.

PARISIENNE !

A Armand Silvestre.

Comme autant de jolis oiseaux,
Nichés dans les valenciennes,
Charmants, les fils des Parisiennes
Gazouillent d'Auteuil à Monceaux,

Pleins de hauteurs patriciennes,
Nimbés d'or sous leurs grands chapeaux
Ils ont des airs d'enfants royaux
Des peintures vénitiennes.

Avec des dédains d'étourneaux
Ils discutent comédiennes,
Rente et valeurs tunisiennes,
Et faits divers des grands journaux

Et, méprisant les plébéiennes
Dans leurs affreux petits sarreaux,
Tandis qu'ils sont froids et fiérots,
Les vrais beaux fils des Parisiennes.

Le couturier aux fins ciseaux,
Qui taille dans la soie ancienne
Leurs toilettes comme la sienne,
Passant au trot de ses chevaux
Des Parisiennes de Monceaux
Est encor la plus Parisienne!

ÉTERNITÉ

Évanouis les gais fantômes,
Comme un blond tourbillon d'atomes
Evoqués l'espace d'un soir
Au-dessus de Paris sinistre,
Où mon vers rageur comme un sistre,
Les a fait tordre et se mouvoir!

Au-dessus des toits et des dômes,
Evaporés les fins aromes
Exhalés de dessous troublants,
Retroussés par les mains brutales
Des gommeux sur les genoux pâles
Des belles filles aux seins blancs.

Empoignant par leurs rudes tresses
Les Modernités vengeresses,
En vain ai-je au vent secoué
Le glauque essaim des amours chauves
Et les baisers de ses alcôves
Sur Paris honteux bafoué!

Les lèvres par le froid gercées
N'ont plus de sourire et, glacées,
Les railleuses filles d'amour,
Suant la peur et la misère,
Se débattent sous l'âpre serre
De leurs amants de carrefour!

C'est en vain que j'ai voulu rire.
Ma joie était une satire :
Le rêve ardent, que je rêvais,
M'a laissé du sang sur la joue
Et j'ai répandu de la boue
Dans l'humble verre, où je buvais,

Je me suis brûlé dans la fête!
Clown ébloui tombé du faîte,
J'ai voulu rire et j'ai pleuré
Et, sous la gaité qui me grise,
Je sais au fond qui je méprise
Dans ce livre d'homme écœuré!

Modernité, Modernité
Sous le sarcasme et la huée
La nudité prostituée
Saigne au fond de l'éternité,

LE CRÉPUSCULE DES DIEUX

LE CRÉPUSCULE DES DIEUX

FRÈRE ET SŒUR

A Élémir Bourges.

Il s'appelle Hans Ulric, elle a nom Christiane.
Beethoven est leur dieu, Shakspeare est leur amour,
Leur chambre somptueuse, où flotte un demi-jour
De songe et des odeurs d'encens, à tout profane
Est fermée.
Un mystère étrange et noir y plane

Du plafond à caissons aux orfroids morts et lourds,
Où de grands archiluths et des théorbes sourds
Luisent, pendus aux murs, auprès d'un vieil Albane.

Des chandeliers de fer et des saintes d'émail
Y rougeoient dans la braise ardente d'un vitrail,
Où des iris de pourpre enflamment un ciel jaune,

Et ce sont là les fiers et mystiques plaisirs
De ces enfants de rois, mourant au pied du trône,
L'un pour l'autre obsédés de monstrueux désirs.

ATAVISME

A Karl Joris Huysmans.

Novembre, un soir pluvieux.
Dans un bouge à Grenelle.
Des voyous en tricot marron, des grands blousards,
Garçons bouchers le jour, rôdeurs de boulevards
La nuit et là, muet et hautain, la prunelle
Brûlant entre les cils lourds et collés de fards,
Assis dans l'attitude étrange et solennelle
Des demi-dieux, surgis de la fange éternelle,
Fœderowich Iwan, petit-fils de boyards.

Dans un costume exquis aux nuances éteintes,
Un bracelet au bras et d'adorables teintes
De poudre d'ambre et d'or entre ses lourds cheveux,

Il regrette Néron, Suburre et Rome antique
Et ne daigne sourire avec un tic nerveux
Que lorsqu'un des voyous lui crie
« Hé ; la pratique ? »

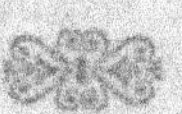

ANÉMIE

A Élémir Bourges.

Tout en dentelles d'or, d'un blême damara
De l'Inde enlinceulée, avec un fier sourire
Eclairant la pâleur de sa face de cire,
L'enfant reine agonise en superbe apparat,

Torturés de joyaux ses frêles petits bras
Etreignent sur son cœur de fillette en délire
Des écrins, sa poupée et, trop faible pour lire,
Des traités de blasons traînant là sur ses draps.

Trop fine, trop nerveuse, exsangue et déjà lasse
De vivre, ayant vécu le passé des aïeux
Dont l'indomptable orgueil éclate dans ses yeux,

Elle a l'étrange attrait, la maladive grâce
Des verres de Venise aux tons faux, précieux
Et la fragilité de la fin d'une race.

PRINCE HÉRITIER

A Élémir Bourges.

Râblé, roux et velu : des paupières meurtries
Sur d'étranges yeux verts, des éclats de métal
Dans la voix sourde et basse, instinctif, animal
Il est le digne enfant de ces races pourries.

Il a d'abord aimé les bougres d'écuries,
Les boys, les palfreniers, les lutteurs et le bal
A soldats, puis le bouge, où le plaisir brutal
S'achète au prix du sang des rouges soûleries.

Maintenant ce beau fils hautain et crapuleux,
Aime un corps blanc de femme aux gestes onduleux,
A la parole lente, à la bouche haineuse.

Une âme italienne habile aux trahisons,
Qui distille et cuisine en riant les poisons,
Glauque amour de chat-tigre et de fleur vénéneuse.

NÉVROSE

A Karl Joris Huysmans.

Dans la chambre au plafond vert de mer, aux tons rares
D'anciens damas rosés, brochés de vieil argent,
Svelte et pâle, onduleux et le regard méchant
Il songe à des objets raffinés et barbares.

Drapé de gazes d'or et d'antiques simarres,
Un buste en bronze vert aux yeux d'émail changeant
Garde au fond de la pièce un mutisme outrageant.

Une main ossifiée aux doigts longs et bizarres
Écorche le bois peint d'un rebec.
                                                  Un Amour
De Saxe, tout fardé de roses Pompadour,
Grimpe aux fémurs hideux d'un squelette d'ivoire

Et lui veule, esseulé, dans un complet de moire
Blanche, appuie au fauteuil un front brûlant et lourd
Qui ne peut plus aimer et ne voudrait plus croire.

TABLE DES MATIÈRES

Havre. — Imprimerie du Commerce, 3, rue de la Bourse.

www.ingramcontent.com/pod-product-compliance
Lightning Source LLC
LaVergne TN
LVHW012017220826
846092LV00001B/390

* 9 7 8 2 3 2 9 2 4 5 8 8 1 *